NOTICE HISTORIQUE

SUR LA FAMILLE

DE GOYON-MATIGNON

NOTICE HISTORIQUE

SUR LA FAMILLE

DE GOYON-MATIGNON

La maison de Goyon dont le nom s'écrit *Gouyon*, *Goyon* et quelquefois *Gouëon* (ces orthographes se trouvent parfois toutes trois dans les anciens titres ; dans l'*Histoire de Bretagne* de D. Lobineau, l'orthographe Gouyon est seule usitée) est, tant par elle-même que par ses alliances, dont plusieurs avec la maison de Bretagne avant le XIII⁰ siècle, et depuis avec la maison de France, aussi bien que par les dignités dont plusieurs de ses membres ont été revêtus, et par les services qu'elle a rendus à l'État, une des plus illustres et des plus anciennes de Bretagne et même de France.

Le château de la Roche-Goyon, qui existe encore et qui appartenait à cette ancienne famille jusqu'à ce que, sous les Bourbons, l'État s'en fût emparé pour en faire une forteresse, était bâti dès 931.

Aux États de Bretagne, tenus par le duc Eudon en 1057, les *Goyon* furent maintenus dans leur rang de premier *banneret* de Bretagne dont avaient joui leurs ancêtres, rang que leur postérité a toujours conservé depuis.

En 1096, Étienne *Gouyon* accompagna Alain Fergent à la conquête d'Angleterre par Guillaume le Conquérant, où il se distingua par sa valeur; il l'accompagna ensuite à la terre sainte. L'histoire de Bretagne mentionne aussi leur existence, attestée par des titres authentiques, en 1075, 1080, 1130, 1148 et 1181, où l'enquête d'Henri II, roi d'Angleterre, constate qu'ils possédaient alors le fief de Dol.

En 1170, Étienne *Gouyon* avait épousé Lucie de *Matignon*, fille et héritière de Denis de Matignon, sire de Matignon qui vivait en 1149.

Étienne *Gouyon* et Lucie de Matignon firent des donations à différents monastères en 1209, 1214 et 1249.

Depuis cette époque, la filiation de la famille se prouve par une suite non interrompue d'actes authentiques tous rapportés dans l'histoire de Bretagne, et même par leurs tombeaux qu'on voit dans l'église collégiale de Matignon, qu'elle a fondée.

Depuis ce mariage, ses membres se sont appelés *Goyon-Matignon*, ou bien *Goyon* ou *Matignon*, indifféremment; et les branches cadettes, pour se distinguer de la branche aînée, ont ajouté un nom de fief tel que Saint-Loyal, Vaurouault, Miniac, etc., etc., à leur nom patronymique.

Les armes de cette maison sont pour les GOYON, *un*

*lion de gueules rampant, armé, couronné, et lampassé d'or
sur champ d'argent.* Les MATIGNON portent *d'or à deux
fasces nouées de gueules et un orle de neuf merlettes de
même, quatre, deux trois posées entre les fasces.* Leur
sceau est ou l'écu des Goyon seul ou bien écartelé
de Matignon, savoir : *Premier et quatrième Goyon,
deuxième et troisième Matignon* avec les devises :

HONNEUR A GOYON.
LIESSE A MATIGNON.

En 1450, le chef de la branche aînée ayant épousé
l'héritière de Thorigny en Normandie, se fixa dans
cette province ; il fut cependant enterré dans l'église
de Matignon.

Entre autres dignités, la famille *Goyon* compte : *un
amiral* et 'deux *maréchaux de Bretagne, six* chambellans
des ducs de Bretagne, *un grand écuyer* de France,
plusieurs chambellans et conseillers des rois de France,
entre autres de Charles VII, Louis XI et Charles VIII.
Plusieurs chevaliers de l'ordre du roi antérieurement
à l'institution de l'ordre du Saint-Esprit ; *un colonel
général* des Suisses sous François Ier, *deux maréchaux
de France,* dont l'un remplit les fonctions de connétable
de France au sacre de Henri IV, *un troisième* eut le brevet
de retenue de cette haute dignité militaire. *Un gouverneur
général* de la Guienne ; *huit lieutenants généraux*
de la province de Normandie dont un tint à
Rouen les États extraordinaires de 1546, et un autre
ceux de 1616, 1623 et 1624. *Six chevaliers du Saint-
Esprit ; deux prélats commandeurs de l'ordre du Saint-*

Esprit; un grand nombre de lieutenants généraux, maréchaux de camp, gouverneurs de places et officiers des armées du roi, des dignitaires et chevaliers de l'ordre de Saint-Louis, huit évêques qui ont occupé les siéges de Lisieux, Condom, Coutances, Avranches et Saint-Pol-de-Léon.

Sous les Valois, la branche aînée portait les titres de : Sire de Matignon, de la Roche-Goyon, de l'Esparre, prince de Mortagne, marquis de Lonray, comtes de Thorigny, de la Roche-Tesson, de Silly, de Gacé, de Selles et de Moyon, barons de la Marque, de Saint-Lô, de la Houlette, de Briquebec, de Blosseville, d'Orglandes, etc., etc., tous titres accordés pour services essentiels rendus à l'État, ainsi qu'il est mentionné dans lettres d'érection et surtout dans celles du 16 août 1460, 14 octobre 1477, 19 juin 1524 et septembre 1565.

En 1596, Charles *Goyon-Matignon,* fils du premier maréchal du nom, épousa Éléonore d'Orléans Longueville, fille et héritière de Léonor d'Orléans duc de Longueville et d'Estouteville, et de Marie de Bourbon, duchesse d'Estouteville, comtesse de Saint-Paul, cousine au troisième dégré, du roi de France Henri IV.

Odet de *Gouyon-Matignon,* frère aîné de Charles, mort sans postérité, était chevalier du Saint-Esprit, lieutenant général, et avait eu le brevet d'amiral de France.

Depuis l'alliance d'Orléans-Longueville, cette branche portait au premier et quatrième de *Goyon;* au deuxième, d'*Orléans Longueville;* au troisième, de *Bourbon Saint-Paul.*

Le **20** *octobre* 1715, *Jacques-François-Léonor Goyon*

Matignon épousa Louise-Hippolyte Grimaldi, fille aînée et héritière du prince de Monaco, duc de Valentinois, à charge par lui de prendre le nom et les armes de Grimaldi sans pouvoir ni lui ni ses descendants ajouter d'autres noms à celui de Grimaldi, ni d'écarteler ou changer les armes, « de sorte que Jacques-François-Léonor Goyon-Matignon s'appellera désormais Jacques-François-Léonor Grimaldi. » Ainsi qu'il est textuellement porté dans les lettres patentes du 24 juillet 1715, renouvelées en décembre 1715 et enregistrées au parlement de Paris le 2 septembre 1716. Dans ces lettres patentes, on constate que les Goyon descendent en droite ligne des maisons de Châlons, Bourgogne-d'Hocberg, Orléans-Longueville, Rohan, Estouteville, Luxembourg, Bretagne, Savoie, Bourbon, et qu'ils étaient parents des ducs de Bretagne, et reconnus et ayant signé comme tels en 1455 au mariage de Marguerite de Bretagne avec François d'Estampes, depuis duc de Bretagne, sous le nom de François II, père d'Anne de Bretagne, femme des rois de France Charles VIII et Louis XII, au mariage de laquelle ils furent appelés comme parents.

Par le mariage de Charles Gouyon-Matignon avec Éléonor d'Orléans-Longueville, ils avaient droit aux duchés de Longueville et d'Estouteville ainsi qu'au comté de Saint-Paul, et par suite de la mort de la duchesse de Nemours, à la principauté de Neuchâtel et au duché de Nemours.

Quant aux alliances plus modernes, entre les plus illustres on peut citer celle avec la maison de Lorraine, celle d'Harcourt, de la Moussaie, et enfin, pour la branche qui vient de s'éteindre, avec celle des Montmorency. Madame la duchesse de Montmorency, née Goyon-Matignon (Louise-Caroline) morte en mars 1846, était le dernier rejeton de la branche précédant celle de Saint-Loyal; celle-ci devint l'aînée par cette mort; suit la généalogie :

GÉNÉALOGIE DES GOYON

SEIGNEURS DE SAINT-LOYAL.

I.

Étienne Goyon, seigneur de la Roche-Goyon. Il avait fait en 1209 et 1219 des donations à l'abbaye de Saint-Aubin-des-Bois, il était mort en 1225.

Femme, Lucie, dame de Matignon, dénommée aux diverses fondations de son mari, vivait encore en 1225.

Fils, Alain Goyon, qui suit.

II.

Alain Gouyon, fit don à l'abbaye de Saint-Aubin-des-Bois en 1219 et 1229, et fit un testament en août 1251.

Femme, Luce de la Roncerie ou Rouxière, nommée au testament d'Alain.

Fils, Étienne Goyon, qui suit :

III.

Étienne Goyon, deuxième du nom, a ratifié la donation de son père en 1245 et 1246.

Femme, nom inconnu.

Fils, Alain Goyon, qui suit.

IV.

Alain Goyon, deuxième du nom, fit une transaction en 1278 et une autre en 1289. Vivait en 1302, mort le 25 mars 1321. Enterré en l'église des Cordeliers de Séez, où est son tombeau. L'obituaire du couvent mentionne la date de son décès.

Femme, Mathilde, nommée dans la transaction de décembre 1278.

Fils, Bertrand Goyon, qui suit.

V.

Bertrand Gouyon, premier du nom, sire de Matignon, fonda en septembre 1323 une chapelle à l'église de Matignon.

Femme, l'héritière de la Roche-Dérien (de la maison de Bretagne).

Fils, Étienne Gouyon, qui suit.

VI.

Étienne Gouyon, troisième du nom, sire de Matignon, fit des fondations en 1339 et 1342, était mort en 1363.

Femmes, première, Jeanne, morte avant la fondation de 1339.

Deuxième, Alix Paynel, mariée en 1339, vivait encore en 1342.

Fils, Alain Goyon, qui suit.

VII.

Alain Goyon, troisième du nom, sire de Matignon, mourut avant son père, signa les fondations de 1339 et 1342.

Femme, Jacqueline de Rieux.

Fils, Bertrand Goyon, qui suit :

VIII.

Bertrand Gouyon, deuxième du nom, sire de Matignon, signala la ratification du traité de Guérande le 6 avril 1380.

Femme, Jeanne de Dinan, fille de Roland de Dinan et de Jeanne de Craon.

Fils, Jean Gouyon, qui suit, deuxième fils de Bertrand.

Son frère aîné continue la branche aînée actuellement éteinte ; Mme la duchesse de Montmorency (Louise-Caroline Goyon-Matignon), morte en mars 1846, en était la dernière héritière.

IX.

BRANCHE DES BEAUCORPS.

Jean Goyon, fut fait prisonnier le 6 octobre 1387, avec son cousin, Bertrand Goyon, troisième du nom, sire de Matignon.

Femme, Jeanne de Beaucorps, fille et héritière de Geoffroy de Beaucorps.

Leur fils aîné créa la branche des seigneurs de Beaucorps, éteinte avant 1669. La veuve du dernier des Beaucorps fit reconnaître ses trois filles, seuls enfants qu'elle eut, et dont elle était tutrice comme nobles en 1669.

Deuxième fils, Alain Goyon, qui suit.

X.

BRANCHE DES VAUROUAULT.

Alain Gouyon vivait en 1386; son cousin Bertrand Gouyon, troisième du nom, sire de Matignon, l'afféagea de différents biens le 15 février 1393. Il l'institua commandant de son château de la Roche-Goyon le 26 septembre 1437.

Femme, Matheline, fille de Jean, seigneur de Molière et de Marie d'Anjou, fut partagée le 18 juillet 1386.

Fils, Jean Goyon, qui suit.

XI.

Jean Goyon, seigneur de Vaurouault, était marié en 1440, mourut le 9 avril 1459.

Femme, Isabelle Duverger, dame Duverger.

Fils, Pierre Goyon, qui suit.

XII.

Pierre Goyon, seigneur de Vaurouault, était marié en 1443 et vivait en 1481.

Femme, Catherine de la Moussaye, fille de Roland de la Moussaye, seigneur de Lorgeril, fut partagée le 11 novembre 1443.

Fils, François Goyon, qui suit.

XIII.

François Goyon, seigneur de Vaurouault, partagea avec sa sœur, le 23 juillet 1504, était mort en 1556.

Femme, Françoise Madeuc, partagée le 11 février 1521.

Fils, Jean Goyon, qui suit.

XIV.

Jean Gouyon, seigneur de Vaurouault, transigea avec Lancelot Collas, son cousin-germain, le 15 juillet 1484.

Femme, Madeleine de Boisriou, était mariée en 1473.

Fils, Lancelot Goyon, qui suit.

XV.

Lancelot Goyon, seigneur de Vaurouault, était mort en 1587.

Femme, Renée Lambert.

Se firent donation mutuelle le 5 février 1577, était morte en 1587.

La branche des Vaurouault continue par Charles, fils aîné de Lançelot. Le dernier de cette branche, Armand Goyon, seigneur de Vaurouault, ancien page de Louis XVIII, officier des chasseurs de la garde royale, fut tué en duel en 1822, sans avoir été marié.

Fils puîné, Jean Gouyon, qui suit, tige des seigneurs de Saint-Loyal.

XVI.

BRANCHE DES SAINT-LOYAL.

Jean Gouyon fut partagé le 29 juin 1587 par son frère aîné, Charles Goyon, seigneur de Vaurouault.

Femme, Jacquemine Desnos, dame de Vaumeloisel et de Lamotte-Collas.

Fils, Lancelot Goyon, qui suit.

XVII.

Lancelot Goyon vivait en 1614.

Femme, Bertranne Langlais du Prémorvan, mariée par contrat de mariage le 17 février 1614.

Fils, Michel Goyon, qui suit.

XVIII.

Michel Goyon, seigneur de Saint-Loyal, se fit maintenir lors de la réformation de la noblesse de Bretagne en 1669, comme noble d'extraction et d'ancienne chevalerie, ainsi qu'il appert de l'arrêt du parlement de Bretagne du 25 février 1669, mentionné dans tous les armoriaux et livres de blason concernant la noblesse de Bretagne postérieure à cette date de 1669.

Femme, Amaurie Dumas.

Fils, François Gouyon, qui suit.

XIX.

François Gouyon, seigneur de Saint-Loyal.

Femme, Catherine de Lamotte, dame de La Vallée.

Fils, Louis-Marcel Goyon, qui suit.

XX.

Louis-Marcel Goyon, seigneur de Saint-Loyal.

Femme, Hélène Soyer.

Fils, Servan-Anne Goyon, qui suit.

XXI.

Servan-Anne Goyon, seigneur de Saint-Loyal.

Femme, Jeanne Lefebvre.

Fils, Guillaume Goyon, fut naturalisé gentilhomme autrichien en 1785, il eut le commandement d'une expédition envoyée dans l'Inde et en Chine par l'empereur Joseph II. Mort en 1790, sans avoir été marié.

Fils puîné, Servan-Jean Goyon, qui suit.

XXII.

Servan-Jean Gouyon, seigneur de Saint-Loyal, était mort en 1779.

Femme, Prudence Onfroy, morte en 1825.

Fils, Jean Gouyon, officier de la marine royale, était mort en 1786 sans avoir été marié.

Fils puîné, Mériadec Goyon, ancien élève de l'école royale militaire, officier au régiment royal Roussillon (infanterie). Officier supérieur des armées royales de l'Ouest, fut tué en 1795.

Fils puîné, Servan-Gabriel-Julien Goyon, qui suit.

XXIII.

Servan-Gabriel-Julien Goyon, servit dans la marine royale de France, fit la campagne des princes émigrés en 1792. Fut officier supérieur des armées royales de l'Ouest; il y fut blessé dangereusement et y exerça des commandements importants, avec MM. Collas de la Baronnais, ses cousins et beaux-frères, fut nommé chevalier de Saint-Louis en 1794, mourut en 1847.

Femme, Céleste Collas de la Baronnais.

Premier fils, Gabriel Goyon.

Deuxième fils, Mériadec de Goyon, colonel d'état-major, commandeur de la Légion-d'Honneur et d'ordres étrangers, marié le 2 août 1853, à Mme la comtesse d'Angot, née Cazes.

XXIV.

Gabriel Gouyon, seigneur de Saint-Loyal, né le 27 mars 1801, nommé conseiller auditeur à la cour royale de Rennes en mars 1824. Démissionnaire par refus de serment en août 1830. Succède en 1847 au titre de marquis de Goyon-Matignon et autres, à la mort de son père devenu héritier de ces titres, à celle de Mme la duchesse de Montmorency, née Goyon-Matignon, décédée en mars 1846.

Femme, Agathe-Marie de Boisjourdan, fille de feu M. Louis de Boisjourdan, ancien député sous la Restauration, mariée le 22 septembre 1828.

Fils, Christian-Gabriel Goyon, né le 4 août 1829.

Fille, Marie-Thérèse Goyon.

Cette généalogie et la note qui la précède ont été copiées, partie dans la généalogie imprimée et les notes concernant la famille Goyon-Matignon qui se trouvent dans l'histoire des grands officiers de la couronne par le père Anselme, partie dans la généalogie manuscrite qui se trouve à la Bibliothèque impériale, section des manuscrits, dossier Goyon de Matignon et autres documents concernant cette famille, et qui avaient servi à l'établissement des 128 quartiers fournis par M. le maréchal de Matignon, comte de Gacé, etc., lorsqu'il fit ses preuves pour être reçu chevalier du Saint-Esprit au commencement du siècle dernier.

Pour la partie postérieure à Jean-Michel Goyon, seigneur de Saint-Loyal, elle a été établie sur des papiers et documents de famille.

Jean Mériadec et Servan-Gabriel-Julien Gouyon, avaient tous trois été forcés de prouver quatre degrés de noblesse pour entrer dans la marine royale et à l'école royale militaire.

Certifié par moi soussigné, docteur en droit, référendaire au sceau de France, chevalier de la Légion d'Honneur.

Signé : BRIOT.

Vu la signature de M. Briot apposée ci-dessus.

Paris, le 7 avril 1851.

Par délégation du Ministre de la Justice,

Le chef de bureau,

Signé : CH. MAUSAT LAROCHE.

Ici se trouve le sceau.

Vu pour légalisation de la signature de M. Briot, ci-dessus apposée,

Paris, le 7 avril 1851.

Le Maire du 1er arrondissement,

Signé : FROTTIN.

Accompagnée du sceau.

Vu pour la légalisation de la signature de M. Frottin, Maire du 1er arrondissement apposée ci-contre,

Paris, le 8 avril 1851.

Le Préfet de la Seine,

Signé : BERGER.

Ici se trouve le sceau.

Le Ministre des affaires étrangères certifie véritable la signature ci-contre de M. Berger,

Paris, le 10 avril 1851.

Par autorisation du Ministre, le chef du bureau de la chancellerie,

Signé : Dubois.

Le sceau du Ministère des affaires étrangères.

La légation I. et R. d'Autriche certifie véritable la signature ci-contre du Ministère des affaires étrangères,.

Paris, le 10 avril 1851.

Le secrétaire de légation,

Signé : Schloissnigg.

Le sceau ici.

Nota. Nous croyons devoir observer qu'il existe deux autres familles de Goyon, fort honorables toutes les deux, dont l'une originaire de Guyenne, est représentée par M. le général comte de Goyon, aide de camp de S. M. l'Empereur, et l'autre de Bretagne par MM. de Goyon de Coispel; *mais qui n'ont aucun rapport avec l'ancienne maison de Goyon-Matignon, dont il s'agit dans la notice précédente.*

PARIS. — IMPRIMERIE DE J. CLAYE ET Cᵉ, RUE SAINT-BENOÎT, 7.